LOS CIEN VESTIDOS

LOS CIEN

VESTIDOS

POR

ELEANOR ESTES

ILUSTRADO POR

LOUIS SLOBODKIN

TRADUCIDO POR

TERESA MLAWER

LECTORUM
PUBLICATIONS, INC.

LOS CIEN VESTIDOS

Spanish translation copyright © 1994 by Lectorum Pubications, Inc.
Originally published in English under the title
THE HUNDRED DRESSES
Copyright 1944 by Harcourt, Inc.; copyright renewed 1972
by Eleanor Estes and Louis Slobodkin

Published by arrangement with Harcourt, Inc.

ISBN 978-1-880507-15-5

Printed in Singapore

CONTENIDO

LOS CIEN VESTIDOS

1

WANDA

Hoy, lunes, Wanda Petronski no estaba en clase. Nadie, ni siquiera Peggy y Madeline, las causantes de todo, había advertido su ausencia.

Habitualmente, Wanda ocupaba el penúltimo asiento de la última fila del aula 13. Se sentaba en una esquina, junto a los niños que no obtenían buenas calificaciones, donde más se podía apreciar la suciedad y el barro de las pisadas y donde más resonaban las carcajadas cuando algo divertido ocurría en clase.

Wanda no se sentaba allí porque fuese revoltosa o gritona; todo lo contrario: era tranquila y apenas si se le oía cuando hablaba. Nunca jamás la habían visto reírse a carcajadas. Las pocas veces que sonreía, se limitaba a esbozar una mueca.

Nadie sabía exactamente por qué se sentaba allí, a no ser que fuese porque, como venía caminando desde Boggins Heights, siempre traía una costra de barro seco en sus zapatos, que inevitablemente se le pegaba por aquellos caminos de tierra. Tal vez fuese porque la maestra prefería sentar a todos los niños que llegaban con los zapatos sucios en una esquina de la clase.

En cualquier caso, y una vez que Wanda Petronski entraba en clase, nadie reparaba en ella. Sólo la tenían en cuenta fuera de la escuela, cuando regresaban a clase después del almuerzo, o por la mañana, temprano, antes de comenzar las clases, cuando sus compañeros, en grupos de dos, de tres o de más, conversaban animadamente y se reían camino de la escuela.

Sólo entonces solían esperar por ella, para divertirse a su costa.

Al día siguiente, martes, Wanda tampoco acudió a clase. Y, de nuevo, nadie advirtió su ausencia, a excepción de la maestra y del grandote de Bill Byron, que se sentaba detrás de Wanda y, ahora, en su ausencia, podía sentarse como un sapo, con las piernas extendidas a todo lo largo del pupitre vacío de Wanda, convirtiéndose en el hazmerreír de sus compañeros.

Pero, el miércoles, Peggy y Maddie, que se sentaban en la primera fila, junto a los niños que obtenían buenas calificaciones y que no traían barro en los zapatos, acabaron advirtiendo la ausencia de Wanda. Peggy era la niña más conocida y admirada del colegio: era muy bonita, con el pelo rizado, color castaño, y tenía unos vestidos preciosos. Y Maddie era su mejor amiga.

Peggy y Maddie la echaron de menos precisamente porque aquel día habían llegado tarde a la escuela por su culpa.

La habían estado esperando, durante un buen rato, para divertirse a su costa, pero Wanda no se había presentado. Suponían que aparecería en cualquier momento, pero cuando vieron a Jack Beggles corriendo hacia la escuela, con el nudo de la corbata a medio hacer y la gorra bailándole sobre la cabeza, enseguida comprendieron que debía de ser muy tarde: Jack siempre llegaba a la escuela justo cuando tocaban la campana, y aterrizaba en su pupitre como una centella. Aun así, esperaron un minuto, y otro, y otro más, confiadas en que tarde o temprano aparecería. Pero Wanda no apareció.

Peggy y Maddie llegaron a la clase cuando las puertas ya estaban cerradas. Sus compañeros recitaban, a coro, el Discurso de Gettysburg, como era costumbre en la clase de la señorita Mason. Las dos niñas se deslizaron en sus asientos justo cuando la clase declamaba el último párrafo:

" . . . que nuestros muertos no hayan perecido en vano.
Que nuestra nación, bajo la protección de Dios, tenga un
resurgimiento de libertad, y que el gobierno del pueblo,
por el pueblo y para el pueblo no desaparezca de la
Tierra".

2

EL JUEGO DE LOS VESTIDOS

Una vez que Peggy y Maddie lograron calmarse, miraron al otro extremo de la clase y comprobaron que Wanda no estaba en su asiento. Es más, el pupitre tenía tanto polvo que parecía como si también hubiese faltado el día anterior. Y, ahora que lo pensaban, tampoco la habían visto ayer… Habían esperado un rato a que pasara, pero, una vez que llegaron a la escuela, se habían olvidado del asunto.

Wanda vivía en lo alto de Boggins Heights, un lugar poco atractivo. Era un buen sitio, eso sí, para ir a recoger flores silvestres durante el verano, pero siempre con el cuidado de contener la respiración hasta pasar la casa amarilla del viejo Svenson. La gente del pueblo decía que el viejo Svenson no era bueno. No trabajaba y, lo que era peor, su casa y su patio eran un verdadero desastre, con latas oxidadas, trastos viejos e inservibles desparramados por todas partes, y hasta un sombrero viejo de paja . . . Vivía solo con su perro y su gato. La gente del pueblo se explicaba fácilmente que nadie quisiese vivir con él. Corrían, además, muchas historias acerca del viejo Svenson, lo que hacía que la gente pasase corriendo por delante de su casa, aun en pleno día, suplicando no encontrárselo.

Más allá de la casa de Svenson, había otras disemi-
nadas, y en una de ellas vivía Wanda Petronski con su
padre y su hermano Jake.

Wanda Petronski. Los otros niños del aula 13 no tenían
un nombre como ése. Sus nombres eran fáciles de pro-
nunciar, como Thomas, Smith o Allen. Había un niño
que se llamaba Bounce, Willie Bounce, y a todos les
resultaba cómico, pero no tanto como Petronski.

Wanda no tenía amigos. Iba sola a la escuela y regresa-
ba sola a su casa. Siempre llevaba el mismo vestido, azul y
raído, que no le quedaba nada bien. Lo llevaba siempre

Los cien vestidos

limpio, pero parecía como si nunca lo hubieran planchado. A pesar de que no tenía amigos, muchas niñas le hablaban. La esperaban bajo los árboles de arce, en la esquina de la calle Oliver, o la rodeaban en el patio de la escuela, mientras ella observaba a las niñas más pequeñas jugar a la rayuela.

—Wanda—solía decirle Peggy, muy cortés, como si se estuviese dirigiendo a la señorita Mason o a la directora de la escuela.

—Wanda—insistía dándole un pequeño codazo a alguna de sus amigas—. ¿Cuántos vestidos dices que tienes colgados en el armario?

—Cien—contestaba Wanda.

—¿Cien?—exclamaban, incrédulas, todas las niñas, incluso las más pequeñas, que dejaban de jugar para escucharla.

—Sí, cien, todos en fila—repetía Wanda, tajante, y apretaba con firmeza sus finos labios.

—¿Y cómo son? ¡Seguro que son de seda! —la incitaba Peggy.

—Sí, de seda, y de todos los colores.

—¿De terciopelo también?

—Sí, de terciopelo también. Cien vestidos—repetía Wanda—. Todos en fila, en mi armario.

Y se daba la vuelta para alejarse del grupo, mientras todas estallaban en carcajadas.

¡Cien vestidos! Estaba claro que el único vestido que Wanda tenía era el azul que usaba todos los días. Entonces, ¿por qué decía que tenía cien vestidos? ¡Vaya mentira! Y las niñas continuaban con sus burlas, mientras Wanda se dirigía hacia la pared alta de ladrillo, por la

cual trepaba una enredadera y al pie de la cual solía esperar hasta que sonara la campana.

Y si las niñas se la encontraban en la esquina de la calle
Oliver, la volvían a asaltar a preguntas. No siempre
hablaban de vestidos; a veces le preguntaban por sombreros, abrigos, o incluso por zapatos . . .

—¿Cuántos zapatos dices que tienes?

—Sesenta.

—¿Sesenta? ¿Sesenta pares o sesenta zapatos?

—Sesenta pares. Todos en fila, en mi armario.

—Ayer dijiste que eran cincuenta.

—Pues ahora tengo sesenta.

Las risas, entonces, se hacían más ruidosas.

—¿Todos iguales? —seguían preguntando las niñas.

—¡Oh, no! Cada par es diferente. Y de varios colores. Todos colocados en fila.—Wanda apartaba la vista de Peggy y perdía la mirada en el vacío.

Entonces, el círculo que formaban las niñas se rompía y, poco a poco, en parejas, el grupo se dispersaba. Peggy, la inspiradora de este juego, y Maddie, su amiga inseparable, siempre eran las últimas en irse. Y, así, Wanda continuaba sola el camino en dirección a la escuela, con la mirada triste, los labios firmemente cerrados y levantando de vez en cuando el hombro izquierdo en un tic ya habitual en ella.

Peggy, en el fondo, no era cruel. Siempre estaba dispuesta a defender a los niños más pequeños de los más grandes, y lloraba a lágrima viva si veía maltratar a un animal. Si alguien le hubiera preguntado: << ¿No crees que es cruel la forma como tratan a Wanda? >>, ella hubiera sido la primera en sorprenderse. ¿Cruel? ¿Por qué decía Wanda que tenía cien vestidos? ¡Cualquiera podía darse cuenta de que era una mentira! ¿Y qué necesidad tenía de mentir? Con un apellido como el suyo, no podía ser una persona sin importancia. Además, ellas nunca la habían hecho llorar.

A Maddie ya comenzaba a molestarle eso de preguntar a Wanda todos los días cuántos vestidos, cuántos sombreros, cuánto esto y cuánto aquello tenía . . . Maddie también era pobre, y vestía la ropa usada que le regalaban. Afortunadamente, ella no vivía en Boggins Heights, ni tenía un nombre raro . . . y su frente no brillaba como la de Wanda. ¿Es que acaso se la untaba con vaselina? Todas las niñas estaban locas por saberlo.

A veces, cuando Peggy hacía esas preguntas a Wanda con vocecita burlona, Maddie se sentía avergonzada, bajaba la vista y se quedaba absorta, en silencio, contemplando las canicas que tenía en la mano. No es que sintiera pena por Wanda. De no haber inventado Peggy el juego de los vestidos, ella nunca le hubiera prestado atención a aquella chica.

Pero ¿qué pasaría si a Peggy y a las demás compañeras se les ocurriese empezar a meterse con ella? No era tan pobre como Wanda, desde luego, pero era pobre. Y, eso sí, tenía el suficiente sentido común como para no andar diciendo por ahí que tenía cien vestidos. En cualquier caso, a ella no le gustaría ser el próximo blanco de las burlas . . . ¡Oh! ¡Si al menos Peggy dejara en paz a Wanda Petronski!

3

UN DÍA AZUL, RADIANTE

Maddie era incapaz de concentrarse. Afilaba, incons-
cientemente, una y otra vez el lápiz con el sacapuntas
rojo, dejando que la viruta se amontonara cuidadosamente en un trozo de papel y tratando de que no cayera
sobre su ejercicio de Matemáticas.

Una arruga surcó su frente. Primero, porque no le gustaba llegar tarde a la escuela. Y segundo, porque no podía dejar de pensar en Wanda. El pupitre vacío de Wanda fue lo único que vio cuando se volvió para buscarla con la mirada.

Una y cien veces se había preguntado cómo había comenzado el juego de los cien vestidos. Le costaba recordar aquellos tiempos, más agradables, en que el juego de los cien vestidos no era, como ahora, una diversión rutinaria. ¡Sí, ya se acordaba! Todo había comenzado el día en que Cecile estrenó su vestido rojo. Y, de repente, todo cruzó como una película ante sus ojos.

Era un día azul, radiante, del mes de septiembre. No, no; debía de ser en octubre, porque, cuando Peggy y ella caminaban, en dirección a la escuela, agarradas del brazo y cantando, Peggy había comentado que era cierto lo que decía la gente sobre el cielo azul brillante de octubre.

Maddie lo recordaba bien, porque al poco rato ya no le había parecido tan radiante, a pesar de que el tiempo no había cambiado.

Al doblar la esquina de la oscura calle Oliver y entrar en la calle Maple, la luz resplandeciente del sol de la mañana las había dejado casi ciegas. En la acera de enfrente destellaban los brillantes colores de los vestidos de un grupo de niñas. Los rayos del sol se reflejaban en los jerseys, chaquetas y vestidos de color azul, dorado, rojo y, sobre todo, en uno carmesí, como si fuesen pedacitos de un caleidoscopio.

Soplaba un aire frío que hacía revolotear las faldas de las niñas y enmarañaba el pelo sobre los ojos. Las niñas gritaban tratando de hablar a cada cual más alto. Maddie y Peggy se unieron al grupo, a las risas y al bullicio.

—¡Hola, Peg! ¡Hola, Maddie! —las saludaron cariñosamente.

—¡Fíjense en Cecile!

Estaban todas fascinadas con el vestido que llevaba Cecile, un vestido rojo carmesí, con gorro y medias del mismo tono. Era un vestido nuevo, precioso.

Todo el mundo admiraba a Cecile: era esbelta, bailaba de maravilla sobre la punta de los pies y vestía muy bien. Tenía un bolso de raso negro, que llevaba al hombro, y en el que guardaba sus zapatillas de ballet, de satén blanco. Precisamente hoy tenía clase de ballet.

Maddie se sentó en la acera para abrocharse los cordones de los zapatos. Escuchaba, atenta y feliz, lo que hablaban las niñas. Hoy todo el mundo parecía estar contento, tal vez porque hacía un día radiante. Todo resplandecía. Allá a lo lejos, al final de la calle, el sol brillaba sobre el agua azul de la bahía y parecía bañarla de plata. Maddie recogió un pedazo de un espejo roto y comenzó a reflejar pequeños círculos de luz, bordeados por los colores del arco iris, en las casas, en los árboles y en el poste de telégrafos.

Y fue justo entonces cuando apareció Wanda con su hermano Jake.

Casi nunca venían juntos a la escuela. Jake llegaba antes para ayudar al señor Heany, el viejo conserje, a limpiar la caldera, a recoger las hojas secas que habían caído en el patio y a cualquier otra cosa que se le encomendara. Hoy debía de haberse retrasado.

Hasta Wanda estaba guapa aquel día. Su vestido azul pálido parecía un trocito de cielo de verano, y su viejo gorro gris—que seguramente Jake había encontrado en alguna parte—hasta lucía nuevo. Maddie seguía haciendo, mecánicamente, señales de un lado a otro con el espejo roto, y, medio ausente, sólo se percató de la presencia de Wanda cuando ésta se aproximó al grupo de las niñas que gritaban y reían alegremente.

—¡Date prisa, Wanda!—Maddie oyó decir a Jake—. Tengo que abrir las puertas y tocar la campana.

—Vete corriendo—dijo Wanda a su hermano—. Yo me quedo.

Jake se encogió de hombros y subió a toda prisa por la calle Maple. Wanda se acercó al grupo con paso lento e indeciso, como un animalito tímido, dispuesto a salir corriendo si algo lo asustase.

Aun así, Wanda logró sonreír. Ella también debía de sentirse feliz. El día no era para menos.

Wanda se unió al grupo, cada vez más numeroso, de niñas que contemplaban, fascinadas, el vestido nuevo de Cecile.

—¡Es precioso! —exclamó una.

—¡Oh, sí! Yo tengo un vestido azul nuevo, pero no es tan bonito como éste—dijo otra.

—Mi mamá me acaba de comprar uno de cuadros, de cuadros escoceses . . .

—Pues yo tengo un traje nuevo para la clase de baile.

—Y yo voy a decirle a mi mamá que me compre uno igual que el de Cecile . . .

Hablaban atropelladamente, todas a la vez, haciendo un círculo cada vez más estrecho alrededor de Cecile. Aunque Wanda también formaba parte del grupo, nadie

hablaba con ella, ni siquiera advertían su presencia.

Quizás—pensó Maddie recordando lo que luego había ocurrido—ella había pensado que, si decía algo, sería aceptada en el grupo.

Maddie estaba a un lado de Peggy, y Wanda al otro. De repente, Wanda le tocó en el brazo a Peggy y le dijo algo al oído. Sus ojos, de un azul muy claro, tenían un brillo especial, que reflejaba una gran emoción.

—¿Qué?—se sorprendió Peggy de la voz casi inaudible de Wanda.

Wanda dudó un instante, pero repitió sus palabras, ahora con más firmeza.

—Que yo tengo cien vestidos en mi casa . . .

—Justo lo que me pareció haber entendido. ¡Cien vestidos!

¡Cien vestidos! —gritaba Peggy cada vez más alto—. ¿Han oído? ¡Esta niña dice que tiene cien vestidos!

Se hizo un silencio absoluto, y el grupo que antes rodeaba a Cecile se concentró ahora alrededor de Wanda y de Peggy. Las niñas miraron de arriba abajo a Wanda, primero con recelo y luego con sorpresa.

—¿Cien vestidos? —preguntaron todas a la vez—. ¡Nadie puede tener cien vestidos!

—Yo los tengo.

—¡Wanda tiene cien vestidos!

—¿Y dónde los tienes?

—En mi armario.

—¡Ah! ¿Y no te los pones para venir al colegio?

—No. Sólo para las fiestas.

—¿Quieres decir que no tienes vestidos de diario?

—Sí los tengo; tengo toda clase de vestidos.

—¿Y por qué no te los pones para venir al colegio?

Por un momento, Wanda guardó silencio. Apretó sus labios con firmeza. Y luego, como si fuese una lección que se había aprendido de memoria, repitió impasible:

—Cien en total. Todos en fila, en mi armario.

—¡Oh! ya comprendo—dijo Peggy, hablando como si fuera una persona mayor—. La niña tiene cien vestidos, pero no se los quiere poner para venir a la escuela. No quiere que se le ensucien con la tinta, o con la tiza.

Todas se echaron a reír y rompieron a hablar a la vez. Wanda las miró sin inmutarse, apretó sus labios con firmeza y frunció el ceño, lo que hizo que su gorro gris le cayera sobre las cejas. De repente, sonó la campana del colegio dando el primer aviso.

—¡Vámonos, rápido! —dijo Maddie, aliviada—.
Llegaremos tarde.

—¡Adiós, Wanda! —dijo Peggy—. Tus cien vestidos
deben de ser algo fuera de lo común . . . ¡Lo nunca visto!

Se multiplicaron los gritos y las risas, y todas las niñas
salieron a la carrera, olvidándose de Wanda y de sus cien
vestidos. Olvidándose, claro, hasta por la tarde, o hasta el
día siguiente, o hasta el otro, cuando Peggy, nada más
verla aparecer, se apresurase a preguntarle por los cien
vestidos. Era una diversión diaria, en la que participaban
todas.

Así era como había comenzado "el juego de los cien
vestidos". Había sucedido todo tan rápida e inesperada-
mente, que la clase entera había sido arrastrada como por

un remolino, y aun cuando a más de una le remordía la conciencia, como a Maddie, nada se podía hacer.

Maddie asintió con la cabeza. Sí, así era como había comenzado todo, aquel día azul, radiante . . .

Envolvió la viruta en el trozo de papel y fue a echarla en la papelera.

4

EL CERTAMEN DE DIBUJO

Hoy, aunque habían llegado tarde a la escuela, Maddie al menos se sentía contenta de no haberse encontrado con Wanda. Trataba de resolver los problemas de Matemáticas, pero no lo conseguía. Ocho por ocho . . . Se veía incapaz de ayudar a Wanda. Deseaba tener el coraje suficiente para escribirle una carta a Peggy, pues sabía que nunca tendría el valor de decirle directamente: <<Peg, deberíamos dejar en paz a Wanda; no le preguntemos más cuántos vestidos tiene>>.

Tan pronto como terminó su tarea de Matemáticas, comenzó a escribir una nota para Peggy. De repente, se detuvo estremecida. Se imaginaba en medio del patio, siendo el blanco de Peggy y de las demás niñas. Peggy le preguntaría de dónde había sacado el vestido que tenía puesto, y ella no tendría más remedio que explicarles que era un vestido viejo de Peggy, al que su mamá le había cosido algunos adornos para que nadie de la clase lo reconociera.

¡Si al menos Peggy decidiera, por su propia cuenta, dejar en paz a Wanda! Maddie se pasó la mano por su corto cabello rubio como tratando de alejar aquellos pensamientos que tan mal la hacían sentirse. Después de todo, ¿qué importancia tenía? Despacito, Maddie rompió en pequeños trozos la nota que había comenzado a escribir. Peggy era su mejor amiga, y la niña más popular de la clase, incapaz de hacer nada malo.

Al fin y al cabo, Wanda era simplemente una niña que vivía allá, en Boggins Heights, y a la que le gustaba estar sola en el patio de la escuela. Nadie de la clase se fijaba en ella, excepto cuando le tocaba leer en voz alta. Entonces, todos estaban impacientes porque acabara de una vez y se sentara: demoraba una eternidad en leer un párrafo. A veces, se detenía y se quedaba absorta contemplando el libro, y no podía, o no quería, seguir leyendo. La maestra trataba de ayudarla, pero ella se quedaba como petrificada, hasta que la maestra la mandaba sentarse. ¿Era tonta, o qué? A lo mejor es que era tímida. Las únicas veces que

hablaba era en el patio de la escuela, y para repetir lo de sus cien vestidos.

Maddie recordaba ahora aquella vez en la que Wanda les habló de uno de sus vestidos, el de color azul pálido, con ribetes de color cereza. Y también se acordaba de otro de color verde esmeralda, con una banda de color rojo. «¡Parecerás un árbol de Navidad!» le habían dicho las niñas, simulando admiración.

Pensando en Wanda y en sus cien vestidos, todos en fila en el armario, Maddie se preguntaba quiénes serían los ganadores del certamen de dibujo. Las niñas tenían que diseñar vestidos y los niños, barcos. Seguramente ganaría Peggy. Era la que mejor dibujaba, por lo menos eso era lo que pensaba todo el mundo. ¡Había que ver lo bien que copiaba los dibujos de las revistas o las caras de los artistas! Enseguida adivinabas de quién se trataba. Maddie quería que ganara Peggy. Estaba segura de que iba a ganar. Bueno, mañana la maestra anunciaría los ganadores. Entonces lo sabrían.

Poco a poco fue dejando de pensar en Wanda, y cuando comenzó la clase de Historia, ya ni siquiera se acordaba de ella.

5

LOS CIEN VESTIDOS

Amaneció lloviznando. Maddie y Peggy caminaban apresuradamente hacia la escuela bajo el paraguas de Peggy. En un día así, desde luego, no iban a esperar a Wanda Petronski en la esquina de la calle Oliver, que desembocaba en Boggins Heights. Además, hoy no querían correr el riesgo de llegar tarde.

—¿Crees que la señorita Mason dirá hoy quiénes son los ganadores? —preguntó Peggy.

—¡Ojalá lo haga tan pronto entremos a la clase! —dijo Maddie—. Seguro que ganas tú.

—Eso espero —reconoció Peggy, nerviosa.

Tan pronto como entraron en el aula, se quedaron paralizadas. Había dibujos por todas partes: en los marcos de las ventanas, alrededor de la pizarra, sobre los diagramas de zoología . . . Lujosos y deslumbrantes diseños, de colores brillantes, y todos hechos en un excelente papel de envolver.

¡Habría por lo menos cien, todos en fila!

Debían de ser los dibujos del certamen. ¡Claro que lo eran! Todos se quedaban atónitos, y tan sólo lograban emitir un silbido, o un susurro de admiración.

Tan pronto como toda la clase estuvo reunida, la señorita Mason anunció los ganadores. Jack Beggles había ganado el premio de los niños por su diseño de un barco de motor que estaba expuesto en el aula 12, junto con los dibujos de los restantes niños de la clase.

—En cuanto a las niñas—dijo—, aunque la mayoría presentó uno o dos dibujos, hay una, y la clase entera debe sentirse muy orgullosa de ella, que ha hecho cien diseños, todos distintos y cada uno más bonito que el otro. En opinión unánime de todo el jurado, cualquiera de sus diseños merece ganar el premio. Me siento muy contenta de anunciarles que la ganadora de la medalla del concurso de las niñas, es . . . ¡Wanda Petronski! Lamentablemente, Wanda lleva ausente varios días y no está aquí para recibir el aplauso que se merece. Esperemos que mañana ya pueda estar con nosotros. Pueden, entre tanto, contemplar y admirar sus magníficos dibujos.

Los niños rompieron en aplausos y, sobre todo los chicos aprovecharon la oportunidad para patear con todas sus fuerzas, meterse los dedos en la boca y silbar, aunque en realidad los vestidos no les interesaban. Maddie y Peggy fueron de las primeras en acercarse a la pizarra para contemplar los dibujos.

—Mira, Peg—susurró Maddie—; ahí está el azul del que nos habló el otro día. Es precioso, ¿verdad?

—Sí—dijo Peggy—. Y ése es el verde. ¡Y yo que creía que sabía dibujar!

Los niños seguían, de un lado para otro de la clase, contemplando los dibujos, cuando entró el conserje y le entregó una nota a la señorita Mason. Ésta la leyó en silencio varias veces y se quedó pensando durante un buen rato. Luego, tras dar unas palmadas, dijo:

—¡Atención, niños! Siéntense un momento.

Una vez que la clase se hubo calmado, y cesado todo ruido, la señorita Mason explicó:

—Acabo de recibir una carta del papá de Wanda que quisiera leerles.

Pasaron unos minutos y el silencio se hizo interminable. La maestra se ajustó lenta y cuidadosamente sus lentes, lo cual denotaba claramente la importancia que tenía lo que iba a leer. Todos se prepararon para escuchar con atención.

<<Estimada maestra: Wanda no volverá más al colegio. Jake tampoco. Nos mudamos a una ciudad grande. Donde no nos llamen "polacos". Donde nuestro nombre no extrañe a la gente. Muchos nombres diferentes en la ciudad grande. Agradecido,

Jan Petronski>>.

Inmediatamente, se hizo un silencio absoluto. La señorita Mason se quitó los lentes, echó el aliento sobre ellos y los limpió con su fino pañuelo blanco. Se los puso nuevamente y miró fijamente a la clase. Al hablar, su voz era muy suave:

—Estoy segura de que ninguno de los niños de mi clase es capaz de herir deliberadamente los sentimientos de una persona, sólo porque su nombre sea largo o desconocido. Prefiero creer que cualquier comentario que hayan podido hacer ha sido sin darse cuenta. Estoy segura de que todos ustedes piensan, al igual que yo, que es muy lamentable que haya ocurrido una cosa así. Lamentable y triste a la vez. Quisiera pedirles que reflexionen sobre esto.

Durante la primera hora de clase, la señorita ordenó repasar las últimas lecciones. Pero Maddie no lograba concentrarse. Sentía una sensación muy extraña en la boca del estómago. Es cierto que no le gustaba que Peggy le preguntara a Wanda cuántos vestidos tenía en el armario, pero tampoco había hecho nada por evitarlo. Había permanecido callada, y eso era tan reprochable como lo que había hecho Peggy. ¡Peor todavía! ¡Era una cobarde! A Peggy, por lo menos, ni se le pasaba por la cabeza que estuviese comportándose de una manera cruel. Ella, en cambio, sí sabía perfectamente que lo que hacían no estaba bien. Se ponía, mentalmente, en el lugar de Wanda y comprendía lo mal que debía sentirse. Era tan culpable como Peggy simplemente por el hecho de haberse quedado callada y de no haber hecho absolutamente nada. Había contribuido a que alguien se sintiese tan triste y desgraciado como para tener que marcharse a otro lugar.

¡Dios mío! ¿Cómo remediar aquella situación? Si a menos pudiese explicarle a Wanda que su intención no había sido hacerla sufrir . . . Se volvió y miró de reojo a Peggy, pero ésta no levantó la vista. Parecía estar concentrada en su trabajo.

No importaba si Peggy se sentía mal o no. Ella, Maddie, tenía que hacer algo. Tenía que encontrar a Wanda Petronski. Quizás no se habían marchado aún. A lo mejor ella y Peggy podían subir juntas a Boggins Heights y decirle a Wanda que había ganado el certamen, que todos pensaban que era muy inteligente y que los cien vestidos eran preciosos.

Por la tarde, al salir de la escuela, Peggy, aparentando indiferencia, propuso:

—¿Vamos a ver si esa niña ya se ha ido?

¡Así que Peggy había tenido la misma idea que ella! La cara de Maddie se iluminó. Después de todo, Peg tenía buen corazón, tal y como ella siempre había pensado.

6

BOGGINS HEIGHTS

Abandonaron el colegio apresuradamente y subieron hacia Boggins Heights: Un lugar que encerraba un cierto misterio y en el que fácilmente se podía percibir el abandono y la tristeza, más aún en una tarde lluviosa, como aquella del mes de noviembre.

—Por lo menos—dijo Peggy con brusquedad—, yo nunca la he llamado "polaca", ni me he burlado de su nombre. No creí que fuese tan inteligente como para darse cuenta de que nos estábamos divirtiendo a costa suya. Pensé que era tonta y . . . ¡fíjate cómo dibuja! ¡Y yo que me creía la mejor!

Maddie no podía hablar: tenía un nudo en la garganta. Su único deseo era encontrar cuanto antes a Wanda para pedirle disculpas, para decirle que todos en la clase pensaban que era estupenda y rogarle que no se marchara. De ahora en adelante, todos la respetarían. Ella y Peggy se asegurarían de que así fuese.

Maddie llegó, incluso, a imaginarse una escena en la que ella y Peggy defendían a Wanda en una ocasión. Alguien gritaba: <<¡Petronski-Onski-Onski . . . !>>, y ellas se abalanzaban sobre el culpable.

Maddie se consolaba con estos pensamientos, pero pronto se disipaban y la invadía una tristeza infinita. Deseaba con todas sus fuerzas borrar el pasado y que todo volviese a ser como antes de comenzar a burlarse de Wanda.

¡Qué gris, qué frío y desolado parecía Boggins Heights! En el verano, los bosques, los arbustos y los helechos que crecían a lo largo del arroyo eran frondosos y, los domingos por la tarde, resultaba muy agradable pasear por allí. Pero, ahora, el arroyo estaba casi seco y la débil lluvia que caía sólo resaltaba las latas oxidadas, los zapatos viejos, el armazón de un paraguas negro y otros objetos inservibles allí abandonados.

Apresuraron el paso. Querían llegar a lo alto de la colina antes de que oscureciera; de lo contrario, tal vez no darían con la casa de Wanda. Por fin, ya casi sin aliento, llegaron a la cima de la colina. La primera casa, la más vieja y destartalada, era la del señor Svenson. Peggy y Maddie pasaron por delante de ella de puntillas y corriendo. Se decía que el viejo Svenson, en una ocasión, había herido a un hombre de un disparo. Otros, en cambio, decían que no era cierto, que era un viejo que no servía para nada, pero incapaz de matar una mosca.

Cierto o no, las niñas respiraron con alivio cuando llegaron a la esquina. El día era demasiado frío y lluvioso como para que el viejo Svenson estuviese hoy allí, como de costumbre, recostado contra la pared de su casa, mascando y escupiendo tabaco. Ni siquiera su perro había ladrado al paso de las niñas.

—Creo que es ahí donde viven los Petronski—dijo Maddie, señalando una casita blanca con un pequeño gallinero al lado. La hierba crecía en el patio y alrededor

de la casa, pero todo estaba limpio. A Maddie le recordó el vestido de algodón azul de Wanda, desteñido y gastado, pero limpio.

En la casa no se advertían señales de vida, salvo un pequeño gato amarillento que permanecía acurrucado en uno de los escalones de la entrada. Cuando las niñas entraron en el patio, el animal dio un pequeño maullido y, de un salto, se subió al árbol más cercano. Peggy golpeó firmemente en la puerta, pero no obtuvo respuesta. Repitieron su llamada por la parte de atrás, pero tampoco contestó nadie.

—¡Wanda! —gritó Peggy—. ¡Wanda!

Escucharon atentamente, pero el silencio era absoluto. No había la menor duda: los Petronski se habían marchado.

—A lo mejor se han ido por unos días y aún no se han llevado los muebles—apuntó Maddie, esperanzada, a la vez que se preguntaba cómo iba a vivir sabiendo que Wanda se había ido y que quizás ya nunca más la encontraría para pedirle perdón.

—A lo mejor—sugirió Peggy—la puerta está abierta.

Giraron con cuidado la manilla. La puerta se abrió con facilidad. No era muy resistente, y ofrecía poca protección contra el viento tan fuerte que soplaba allí en el invierno. El pequeño cuarto que daba a la entrada estaba vacío. No había absolutamente nada en él, y el armario situado en una esquina, con la puerta abierta de par en par, estaba igualmente vacío. Maddie trató de imaginarse lo que habría allí dentro antes de que los Petronski se mudaran, y recordó lo que Wanda repetía: <<De verdad, cien

vestidos . . . todos en fila en el armario≫.

En cualquier caso, real o imaginario, los vestidos también habían desaparecido. Los Petronski se habían ido. Y ahora, ¿cómo podrían, Peg y ella, excusarse ante Wanda? Quizás la maestra supiese adónde se habían mudado, o tal vez el viejo Svenson. A la vuelta, llamarían a su puerta para preguntarle. A lo mejor en la oficina de correos conocían su nueva dirección. Si le escribían una carta, posiblemente Wanda la recibiese, pues el correo se la haría llegar. Cerraron la puerta y, muy afligidas,

emprendieron el camino de regreso. Allá a lo lejos se divisaba el agua de la bahía . . . gris, fría.

—¿Tú crees que ese gato era de los Petronski y que se han olvidado de él? —preguntó Peggy extrañada.

El gato había desaparecido, pero cuando las niñas doblaron la esquina, lo vieron acurrucado bajo la silla del viejo Svenson. Quizás el gato fuese suyo. Habían decidido no llamar a su puerta, cuando, de repente, el viejo apareció ante ellas subiendo por el camino. Todo lo relacionado con Svenson era amarillento: su casa, su gato, sus pantalones, su bigote, su pelo enmarañado, su perro, que corría detrás de él, y los grandes buches de jugo de tabaco que escupía por entre sus dientes amarillentos.

Las niñas se apartaron del camino y echaron a correr. Cuando habían alcanzado cierta distancia, se detuvieron.

—¡Eh, señor Svenson!—gritó Peggy—. ¿Sabe usted cuándo se fueron los Petronski?

El viejo Svenson se volvió, y las miró un momento en silencio. Finalmente, pareció contestar algo, pero sus palabras eran apenas inteligibles y las niñas salieron corriendo como alma que huye del diablo. El viejo Svenson continuó camino arriba, mascullando algo entre dientes y rascándose la cabeza.

No dejaron de correr hasta llegar a la entrada de la
calle Oliver. Estaban desconsoladas, y Maddie se preguntaba una y otra vez si siempre se sentiría así de triste por
lo de Wanda y los cien vestidos. Ya nada sería igual. En el
momento menos pensado, cuando se dispusiera a hacer
algo, como ir de paseo con Peggy a recoger moras, o a
deslizarse en trineo en Barley Hill, le vendría a la mente
la idea de que ella había sido la culpable de que Wanda

Petronski se hubiera tenido que ir de aquel lugar.

—Bueno—dijo Peggy—ya se ha ido. ¡Qué le vamos a hacer! Además, cada vez que yo le preguntaba sobre los vestidos, probablemente le daba ideas para sus diseños. De otra forma, seguro que no habría ganado.

Maddie se quedó pensativa. Si lo que decía Peggy fuese cierto, no tendría por qué sentirse tan mal. Pero esa noche no pudo dormir, pensando en Wanda, en su vestido azul pálido, en su pequeña casita blanca y en el viejo Svenson, que vivía tan sólo a unos pasos de ella. Y recordó cómo resplandecían—todos en fila—los cien vestidos alrededor de la clase.

De pronto, Maddie se sentó en la cama y, apretando fuertemente la frente con sus manos, se puso a pensar. Era la primera vez que reflexionaba de esa manera y,

pasado un largo rato, llegó a una determinación: nunca más permitiría una situación semejante. Nunca más permanecería callada.

Si en alguna ocasión llegara a enterarse de que alguien se burlaba de otra persona sólo porque ésta era diferente, o porque su nombre resultara raro, ella saldría en defensa suya, aun cuando eso significase perder la amistad de Peggy, su mejor amiga. No podía rectificar el pasado, pero estaba segura de que en el futuro no cometería el mismo error.

Finalmente, el cansancio y el sueño la rindieron.

7

CARTA DIRIGIDA AL
AULA 13

El sábado, Maddie y Peggy decidieron pasar la tarde juntas. Estaban escribiendo una carta a Wanda Petronski. Era una carta amistosa, en la que le explicaban que había sido la ganadora del certamen y reconocían lo bonitos que eran todos sus dibujos. Le preguntaban si estaba contenta donde vivía ahora y si le gustaba su nueva maestra. Su intención, en un principio, había sido simplemente pedirle disculpas, pero acabaron por escribirle una carta cariñosa como la que hubieran escrito a una buena amiga, y la firmaron con muchas X X X, para indicar así que le enviaban muchos besos y abrazos.

Remitieron la carta a la dirección de Boggins Heights y se aseguraron de escribir en el sobre "PARA ENTREGAR, POR FAVOR, EN LA NUEVA DIRECCIÓN". La maestra desconocía adónde se había mudado Wanda, así que su única esperanza era que lo supiesen en la oficina de correos. Tan pronto como echaron la carta en el buzón, las dos se sintieron más contentas y aliviadas.

Pasaban los días y no recibían respuesta, pero la carta no la habían devuelto, y eso podía significar que Wanda tal vez la había recibido. A lo mejor estaba tan dolida que no les quería contestar. No podían culparla por ello. Y Maddie recordó cómo Wanda solía encoger el hombro izquierdo cuando caminaba sola hacia la escuela, y cómo las niñas comentaban: <<¡Hay que ver lo mal que le queda ese vestido y qué horribles son esas botas tan altas que se pone!>>.

Todas sabían que no tenía mamá, pero nadie había reparado en ello, ni en que la pobre Wanda tenía que lavar y planchar su propia ropa. Tenía un solo vestido, así que seguramente tenía que lavarlo y plancharlo todas las noches. Es posible que alguna vez no estuviera completamente seco por la mañana, pero siempre estaba limpio.

Tanscurrieron varias semanas sin recibir respuesta alguna de Wanda. Peggy ya había comenzado a olvidarse de todo el asunto, pero Maddie se dormía cada noche

pensando en Wanda, defendiéndola de grupos de niñas que se burlaban de ella acosándola con la pregunta de siempre: «¿Cuántos vestidos tienes?». Antes de que Wanda apretara firmemente sus labios, como hacía siempre antes de responder, Maddie les gritaba en voz alta: «¡Basta! ¡Basta ya! Ella es una niña, una niña como ustedes . . . » Y todas se sentirían avergonzadas, como a

ella le había ocurrido. Otras veces rescataba a Wanda de un barco que se hundía, o de entre los cascos de un caballo que corría desbocado.

«No tiene importancia», le decía Maddie cuando Wanda le daba las gracias con una triste mirada.

Había llegado la Navidad y las calles estaban cubiertas de nieve. Un pequeño árbol de Navidad y campanitas de colores decoraban la clase. Jack Beggles había dibujado, con tizas de color rojo y blanco, a Papá Noel en la pizarra.

La víspera de las vacaciones, los niños de la clase de Peggy y de Maddie tuvieron una fiesta. Corrieron la mesa de la maestra hacia la pared del fondo y, en su lugar, colocaron un piano. Los niños representaron el cuento de "El Pequeño Tim"; después, cantaron villancicos y, por último, Cecile interpretó varios bailes con trajes diferentes. El de "El Paso del Otoño", en el que Cecile, vestida como si fuese una hoja de matices rojos y dorados, daba vueltas y vueltas, fue el más aplaudido por todos.

Al finalizar la fiesta, la maestra anunció que tenía una sorpresa, y les mostró una carta que había recibido aquella misma mañana.

—Adivinen de quién es—dijo—. ¿Se acuerdan de Wanda Petronski, nuestra pequeña artista, la que ganó el certamen de dibujo? Pues he recibido carta suya, lo cual me alegra mucho, porque ahora podré enviarle su

medalla, y quizás la reciba antes de Navidad. Quisiera leerles la carta.

La clase guardó un silencio absoluto, dispuesta a escuchar con toda atención.

«Querida señorita Mason: ¿Cómo están usted y todos los compañeros de clase? Por favor, dígales a las niñas que pueden quedarse con los cien vestidos, porque en mi nueva casa tengo cien vestidos nuevos, todos en fila en el armario. El dibujo del vestido verde con el adorno en rojo

es para Peggy y el azul es para Maddie, como regalo de Navidad. Extraño mucho el colegio, y mi nueva maestra no se puede comparar con usted. Feliz Navidad para usted y para todos los compañeros de clase.

Afectuosamente,

Wanda Petronski≫.

La maestra hizo circular la carta por toda la clase para que la pudieran ver. Al dorso, Wanda había dibujado un árbol de Navidad, preciosamente iluminado, en un parque rodeado de edificios muy altos.

De regreso a sus casas, Maddie y Peggy llevaban en sus manos los dibujos con mucho cuidado. Se habían quedado un poco más, después de la fiesta, para ayudar a recoger la clase, y ya empezaba a oscurecer. Las casas parecían tan bonitas como acogedoras con sus adornos, sus guirnaldas y los arbolitos iluminados que se podían ver a través de las ventanas. En la acera, frente a la tienda